U0057083

范姊姊說故事

媽咪和我一起學

文／范瑞君 · 圖／曾雅芬

范姊姊說故事音檔 QR Code，請掃描下載聆聽。

音檔 1：一邊聽一邊看文字記憶，好玩又有趣！

音檔 2：新增許多內容，拋開文字，徜徉在想像的
世界！

導讀：我們一起快樂學！

相信大部分的媽媽，都是在當了媽媽之後，才學著當媽媽。

我看過很多天生能幹而強大的媽媽，內心敬佩不已。但也有許多是跟我一樣，有些笨拙，但很努力地跟著孩子在挫折中學習成長的媽媽。

學校沒有教過如何當媽媽，更因為每個小孩不一樣，別的媽媽的經驗分享也就只能是參考。因此一切還是要親身經歷，以新手的心情認真地學習，然後累積成屬於自己和孩子回憶的私密經驗。

孩子從一出生開始，就是一個全新的生命經驗。然後在全然的脆弱中，快速、爆發地適應這個世界和學習存活的技能。

但我們生存的這個世界很大、很浩瀚、很有趣，因此在這個繪本裡，我很想讓孩子知道，不管年紀多大了，這個世界還是有很多事物，值得我們懷有熱情持續不斷地學習，縱使是孩子眼中那麼強而萬能的父母，也一樣在不同的人生階段會遇到不同的困境，需因應不足再努力地學習。

學習有各式各樣不同的動力和需求，父母認真學習如何當爸爸媽媽並對自我要求，就是源自於對孩子的愛。

希望孩子能細細品味這份濃郁而笨拙的愛！親愛的孩子！謝謝你讓我和你一起學！

范瑞君

作者簡介

· 金鐘獎最佳女配角，並曾入圍金鐘獎最佳女主角。

· 國立臺北藝術大學劇場藝術研究所導演組畢。國立藝術學院戲劇系表演組畢。

· 曾任國立臺北藝術大學戲劇系兼任講師。

· 為橫跨劇場、影視和教學的專業演員、導演。

現有兩個個性迥異的女兒。去遊樂場和逛玩具店常常比女兒玩得還開心，且偶爾還是會忍不住和女兒搶玩具。希望女兒也能永保赤子之心，開心地遊戲人間。

▶ 舞台演出作品：【表演工作坊】《暗戀桃花源》、《寶島一村》；【屏風表演班】《我妹妹》、《西出陽關》；【相聲瓦舍】《緋蝶》；【果陀劇場】《一個兄弟》；【故事工廠】《三個諸葛亮》等。

▶ 電影演出作品：《阿爸的情人》等。

▶ 電視演出作品：《殺夫》、《逆女》等。

▶ 導演作品：客家電視台《日頭下，月光光》、故事工廠《2923》。

▶ 繪本作品：《范姊姊說故事 我最喜歡表演》（瑞蘭國際出版）。

導讀：真實、笨拙卻最認真學習的母親

在拿到《媽咪和我一起學》這本繪本的文字時，和瑞君聊起了彼此擔任媽媽這個角色的甘苦，覺得媽媽有時為了保護孩子，希望自己有千手千眼，有時明明是奧莉薇，卻又要像是吃了菠菜的大力水手，實在好笑。其實我們和這位世界新手一樣都在學習，而真實無法隱藏的這份笨拙與認真，讓孩子有機會去了解到媽媽甚至是大人，其實也不是每件事都能做到完美。

於是，在畫的過程，我想像著這個認真的母親，從一開始想保持優雅，到孩子漸漸長大時，她所面臨的考驗和情境變得更加多樣，所以不得不轉變。從注意孩子的安全，到陪伴理解孩子的興趣，這些對她來說都是全新的經驗。而在過程中，也有不擅長的、緊張兮兮的、有些搞笑、有些過度認真的樣子。透過書裡設計的情境，希望傳達給孩子，讓孩子知道，其實媽媽和她／他一樣都在行動中探索，媽媽也會失敗，也可能出錯，但這都是嘗試的過程，而媽媽和她／他一樣都在嘗試中學習。

其中有一頁我特別喜歡，就是當孩子難過得大哭，她／他面對失去時所帶來的悲傷，媽媽擔任安慰陪伴孩子的角色，但這時媽媽又該如何處理自己的情緒？會和孩子一起哭？會誠實地說出自己的感受？如果自己也無能為力時會讓孩子知道嗎？這真是很深的一門學問。

書中很多情境的發想，是希望在親子共讀時，能產生不一樣的對話。如果因此能更理解彼此，那真是令人開心。如果能欣賞這本書裡媽媽笨拙可愛的模樣，並因此而帶來愉悅的閱讀氣氛，也是件很棒的事呢。

曾雅苹

繪者簡介

出生於台灣寶島的正中間南投，畢業於國立藝專美工科平面設計組（現已改制為臺灣藝術大學）。

曾在滾石文化擔任美術主編，後因對兒童哲學感到好奇，參加了大直故事團擔任故事媽媽，因此對繪本及插畫產生興趣，進而參加lucy創作師資培訓班，並曾參與草嶺ehon旅館壁畫繪製等工作。

現職為自由獨立插畫者。2019年出版《手繪風素材集：動物好友的日常生活》，以及擔任繪本《范姊姊說故事 我最喜歡表演》的繪圖（以上皆由瑞蘭國際出版）。

FB ／這裡有座湖泊
IG ／lake_in_

我ㄨˇ在ㄗㄞˋ媽ㄇㄚ咪ㄇㄧˋ的ㄉㄜ肚ㄉㄨˋ子ㄗ˙裡ㄌㄧˇ
努ㄋㄨˇ力ㄌㄧˋ健ㄐㄧㄢˋ康ㄎㄤ地ㄉㄜˋ長ㄓㄤˇ大ㄉㄚˋ時ㄕˊ，

媽ㄇㄚ咪ㄇㄧ學ㄒㄩㄝ著ㄓㄜ當ㄉㄤ營ㄧㄥ養ㄧㄤ師ㄕ，
讓ㄖㄤ自ㄗˋ己ㄐㄧˇ的ㄉㄜ身ㄕㄣ體ㄊㄧˇ健ㄐㄧㄢ康ㄎㄤ，
為ㄨㄟˋ了ㄌㄜ保ㄅㄠˇ護ㄏㄨˋ我ㄨㄛˇ。

我在試著看清這個世界時，

媽咪在學著做個好媽媽，
為了照顧脆弱的我。

我ㄨㄛ在ㄗㄞ試ㄕ著ㄓㄜ品ㄆㄧㄣ嚐ㄔㄤ食ㄕ物ㄨ的ㄉㄜ味ㄨㄟ道ㄉㄠ時ㄕ，

媽咪在學著當大廚師，
為了煮美食給我吃。

我ㄨㄛˇ趴ㄆㄚ在ㄗㄞˋ地ㄉㄧˋ上ㄕㄤˋ學ㄒㄩㄝˊ著ㄓㄜˋ探ㄊㄢˋ索ㄙㄨㄛˇ世ㄕˋ界ㄐㄧㄝˋ時ㄕˊ，

媽咪學著當環境清潔員，
為了幫我維持衛生。

我_{ㄨˇ}開_{ㄎㄞ}始_{ㄕˇ}外_{ㄨㄞˋ}出_{ㄔㄨ}認_{ㄖㄣˋ}識_{ㄕˋ}世_{ㄕˋ}界_{ㄐㄧㄝˋ}時_{ㄕˊ}，

媽咪學著當大力士，為了帶上我所有的
家當陪我闖蕩。

我ㄨˇ學ㄒㄩㄝˊ著ㄓㄜ˙勇ㄩㄥˇ敢ㄍㄢˇ大ㄉㄚˋ步ㄅㄨˋ地ㄉㄜ˙邁ㄇㄞˋ向ㄒㄧㄤˋ前ㄑㄧㄢˊ時ㄕˊ，

媽咪也學著當運動員，
為了陪我盡情地奔跑。

我ㄨㄛˇ學ㄒㄩㄝˊ著ㄓㄜ˙讓ㄖㄤˋ傷ㄕㄤ心ㄒㄧㄣ跟ㄍㄣ著ㄓㄜ˙眼ㄧㄢˇ淚ㄌㄟˋ流ㄌㄧㄡˊ出ㄔㄨ時ㄕˊ，

媽咪學著當心理師，
為了能理性溫柔地
擁抱我。

我ㄨㄛˇ開ㄎㄞ始ㄕˇ學ㄒㄩㄝˊ習ㄒㄧˊ生ㄕㄥ活ㄏㄨㄛˊ的ㄉㄜ˙知ㄓ識ㄕˋ時ㄕˊ，

媽咪學著當老師，
為了耐心地教導我。

我試著挑戰生活的極限時，

媽咪也學著變馴獸師，
為了提醒我邊界在哪裡。

21

我ㄨㄛˇ學ㄒㄩㄝˊ著ㄓㄜ˙當ㄉㄤ拆ㄔㄞˋ卸ㄒㄧㄝˋ研ㄧㄢˊ究ㄐㄧㄡˋ家ㄐㄧㄚ時ㄕˊ，

媽咪學著當修理專家，
為了隨時拯救我的玩具。

我學著展現不同的自己時，

媽咪學著當服裝設計師，
為了幫我打扮。

我ㄨˇ學ㄒㄩㄝˊ著ㄓㄜ˙唱ㄔㄤˋ唱ㄔㄤˋ跳ㄊㄧㄠˋ跳ㄊㄧㄠˋ時ㄕˊ，

媽咪學著當舞蹈家，
為了陪我手舞足蹈。

我ㄨㄛˇ學ㄒㄩㄝˊ著ㄓㄜ˙上ㄕㄤˋ山ㄕㄢ下ㄒㄧㄚˋ海ㄏㄞˇ去ㄑㄩˋ冒ㄇㄠˋ險ㄒㄧㄢˇ時ㄕˊ，

媽咪學著當危機處理專家，
為了拯救我。

我學著開拓我的世界
向外走時，

媽咪學著感性又堅強地
站在我的身後，
為了看著我。

我ㄨㄛˇ學ㄒㄩㄝˊ著ㄓㄜ˙分ㄈㄣ配ㄆㄟˋ學ㄒㄩㄝˊ習ㄒㄧˊ和ㄏㄜˊ
玩ㄨㄢˊ樂ㄌㄜˋ的ㄉㄜ˙時ㄕˊ間ㄐㄧㄢ時ㄕˊ，

媽咪也學著如何愛著我，
並完成自己的夢想。

我ˇ努ˇ力ˋ學ˊ著˙認ˋ識ˊ這ˋ個˙世ˋ界ˋ。

媽咪也努力學著，
了解我。

我ㄨˇ好ㄏㄠˇ棒ㄅㄤˋ！
媽ㄇㄚ咪ㄇㄧ也ㄧㄝˇ好ㄏㄠˇ棒ㄅㄤˋ！